Danny's Blog

Le blog de Danny

Stephen Rabley

Pictures by Martin Ursell
French by Marie-Thérèse Bougard

BARRON'S

Danny Meunier habite à Pumai, à Bornéo.

Sa maman est la directrice de la réserve d'orangs-outans.

Pumai est un bel endroit avec plein d'arbres.

Danny l'adore, et il adore les orangs-outans aussi.

Sa préférée s'appelle Gloria. Elle n'a que deux ans.

Elle n'a ni mère ni père. C'est Danny qui s'occupe d'elle

Chaque matin, avant l'école, il lui donne du lait

et une banane.

2

Danny Miller lives at Pumai, in Borneo.
His mother is the boss of the orangutan reserve.
Pumai is a very beautiful place with lots of trees.
Danny loves it, and he loves the orangutans too.
His favorite is named Gloria. She's only two years old.
She has no mother or father. Danny takes care of her.
Every morning, before school, he gives her some milk
and a banana.

Aujourd'hui, c'est samedi. Danny aide son copain Paul.
Paul est guide. Il travaille à la réserve.
"Il y a très peu d'orangs-outans sauvages dans le monde,"
explique Paul aux touristes.
"Que veut dire le mot *orang-outan*?" demande l'homme.
"Ça veut dire homme de la forêt," dit Paul.
"Ils sont dangereux?" demande la jeune fille.
"Non," dit Danny. "Ils sont très timides.
Et ils sont intelligents aussi."

Ils sont très timides.
They are very shy.

Ils sont dangereux?
Are they dangerous?

Today is Saturday. Danny is helping his friend, Paul.
Paul is a guide. He works at the reserve.
"There are very few wild orangutans in the world,"
Paul explains to the tourists.
"What does the word *orangutan* mean?" asks the man.
"It means man of the forest," says Paul.
"Are they dangerous?" asks the young girl.
"No," says Danny. "They are very shy.
And they're clever, too."

Le lendemain soir, Danny regarde le journal télévisé. Soudain, sa maman entre dans la pièce.

"Je peux te parler?" demande-t-elle, l'air inquiète.

Danny éteint la télé. "Qu'est-ce qui ne va pas, Maman?"

"La réserve a besoin de 50 000 dollars avant le mois prochain. Je ne les ai pas." Elle regarde le morceau de papier qu'elle tient à la main. "Mais j'ai ça."

Qu'est-ce qui ne va pas, Maman?
What's wrong, Mom?

The next evening, Danny is watching the TV news.
Suddenly, his Mom comes into the room.
"Can I talk to you?" she asks, looking worried.
Danny turns off the TV. "What's wrong, Mom?"
"The reserve needs 50,000 dollars before next month.
I don't have it." She looks at the piece of paper
in her hand. "But I have this."

Danny prend le morceau de papier. C'est un e-mail.
"Madame," lit-il. "Je m'appelle Brad Coram et je suis
le directeur de la Société des Bois de Bornéo.
Je voudrais acheter votre réserve…"
"C'est très simple," dit la maman de Danny. "Brad Coram
veut abattre nos arbres. Il est riche et, nous, on ne l'est
pas. Je suis désolée, Danny, mais c'est la fin de Pumai."
Cette nuit-là, Danny n'arrive pas à dormir.
Il pense à la Société des Bois de Bornéo.

Danny takes the piece of paper. It's an e-mail.
"Dear Mrs. Miller," he reads. "My name is Brad Coram
and I'm the boss of the Borneo Wood Company.
I want to buy your reserve…"
"It's very simple," says Danny's Mom. "Brad Coram
wants to cut down our trees. He's rich and we're not.
I'm sorry, Danny, but this is the end for Pumai."
That night, Danny can't sleep.
He is thinking about the Borneo Wood Company.

Le lendemain matin, Danny est avec Gloria, comme toujours. "Qu'est-ce qu'on va faire?" murmure-t-il.

Sur le chemin de l'école, Danny est très triste.

Dans le bus, il ne parle pas à ses copains.

Il regarde par la fenêtre.

"Ça ne va pas," pense-t-il. "Maman ne peut pas vendre la réserve. Les orangs-outans en ont besoin. Ils ont besoin de la forêt. Il doit y avoir une autre solution!"

Qu'est-ce qu'on va faire?
What are we going to do?

The next morning, Danny is with Gloria, as usual.

"What are we going to do?" he whispers.

On the way to school, Danny is very sad.

On the bus, he doesn't talk to his friends.

He stares out the window.

"This isn't right," he thinks. "Mom can't sell Pumai.

The orangutans need it. They need the forest.

There must be another answer!"

A l'école, Danny a un cours d'informatique.

La prof écrit le mot "BLOG" au tableau.

"Que veut dire ce mot?" demande-t-elle.

Danny ne répond pas. Il pense encore aux
problèmes de la réserve.

"C'est un journal par Internet," répond un garçon.

"Beaucoup de gens en écrivent pour raconter leur vie."

Danny se met à sourire.

"*Oui,*" dit-il. "*C'est ça,* la solution!"

At school, Danny has a computer class.
The teacher writes 'BLOG' on the board.
"What does this word mean?" she asks.
Danny doesn't answer. He's still thinking about
the reserve's problems.
"It's an Internet diary," one boy says.
"Lots of people write them to tell us about their lives."
Danny starts to smile.
"*Yes*," he says. "*That's* the answer!"

Ce soir-là, Danny parle à sa maman.

"J'ai une idée," dit-il. "D'abord, je vais faire un blog.
Je vais raconter l'histoire de la réserve et de la Société
des Bois de Bornéo. Comma ça, les gens pourront écrire
à Brad Coram et dire: *N'achetez pas Pumai.*"

"OK," dit-elle très lentement. "Mais l'argent?
On a encore besoin de 50 000 dollars."

Danny sourit. "Ça, c'est ma deuxième idée."

Danny lui en parle en faisant la vaisselle.

That evening, Danny talks to his Mom.

"I've got an idea," he says. "First, I'm going to start a blog.
I'm going to tell the story of the reserve and the Borneo
Wood Company. Then people can write to
Brad Coram and say: *Don't buy Pumai's reserve.*"

"OK," she says very slowly. "But what about the money?
We still need 50,000 dollars."

Danny smiles. "That's my second idea."

Danny tells her all about it while they wash the dishes.

Après dîner, Danny ouvre son portable.

D'abord, il écrit l'histoire de Pumai et des orangs-outans.

Ensuite, il parle de la Société des Bois de Bornéo.

Il termine par: "Je vous prie d'envoyer ce message à Brad
Coram: *Pumai est important. N'abattez pas les arbres.*"

Gloria mange une orange. Danny la regarde en souriant.

"Voyons ce qui va se passer, Gloria!"

After dinner, Danny opens his laptop.

First, he writes about Pumai and the orangutans.

Next, he writes about the Borneo Wood Company.

Finally, he says, "Please send this message to Brad Coram:
The reserve at Pumai is important. Don't cut down the trees."

Gloria is eating an orange. Danny looks at her and smiles.

"Let's see what happens now, Gloria!"

Quatre jours plus tard, Brad rentre d'un voyage d'affaires.
Il trouve des centaines d'e-mails à propos de Pumai.
Ils viennent d'Afrique, d'Australie, d'Amérique du sud,
d'Amérique du nord, d'Europe, d'Asie… du monde entier!
Beaucoup de gens sont en colère contre sa société.
Mais il n'y a pas d'e-mail de Madame Meunier.
Il appelle Pumai, et la maman de Danny répond.
"Arrêtez le blog de votre fils, Madame Meunier!" dit-il
"Oh! Il y a un problème?" demande-t-elle.

18

Four days later, Brad returns from a business trip.
He finds hundreds of e-mails about Pumai.
They're from Africa, Australia, South America,
North America, Europe, Asia… all over the world!
A lot of people are angry with his company.
But there is no e-mail from Mrs. Miller.
He calls Pumai, and Danny's Mom answers.
"Stop your son's blog, Mrs. Miller!" he says.
"Oh! Is there a problem?" she asks.

Elle se souvient alors de la deuxième idée de Danny.
"OK, venez ici demain à six heures avec 50 000 dollars,"
dit-elle. "Et on pourra en discuter."
Brad Coram est content. "Elle a besoin d'argent,"
pense-t-il. "Dans quelques semaines, tout le monde
oubliera ce blog stupide, et je pourrai acheter la réserve."
"D'accord. A demain, Madame Meunier," dit-il.
La maman de Danny sourit. Elle appelle un autre numéro.
"Allô? C'est bien le journal télé de Bornéo?"

Then she remembers Danny's second idea.

"OK, come here tomorrow at six o'clock with 50,000 dollars," she says. "We can talk about it."

Brad Coram is pleased. "She needs money," he thinks. "In a few weeks everyone's going to forget this stupid blog, and I can buy the Pumai reserve."

"Fine. See you tomorrow, Mrs. Miller," he says.

Danny's Mom smiles. She calls another number.

"Hello, Is this Borneo TV News?"

Le lendemain, Brad Coram va à Pumai.

La maman de Danny l'attend.

"Bonjour, Madame Meunier," dit Brad. "J'ai l'argent.
Où peut-on parler?"

La maman de Danny l'amène à son bureau.

A la porte, elle dit: "Vous pouvez tenir Gloria
une minute, s'il vous plaît?"

Elle donne le bébé orang-outan à Brad Coram.

"Après vous," dit-elle en ouvrant la porte.

The next day, Brad Coram drives to Pumai.
Danny's Mom is waiting for him.
"Hello, Mrs. Miller," says Brad. "I've got the money.
Where can we talk?"
Danny's Mom takes him to her office.
At the door she says, "Can you hold Gloria
for a minute, please?"
She gives the baby orangutan to Brad Coram.
"After you," she says, as she opens the door.

Bonsoir,
Monsieur Coram.

Good evening,
Mr. Coram.

Brad Coram entre dans le bureau.

Il voit une caméra de télévision et trois personnes.

Une femme lui sourit.

"Bonsoir, Monsieur Coram. Je m'appelle Corina Pek,
et je travaille pour la télé de Bornéo," dit-elle.

"J'ai des questions pour vous."

"Vous filmez?" demande Brad Coram.

"Oui, vous êtes au journal de six heures, là."

Brad Coram walks into the office.

He sees a TV camera and three people.

A woman smiles at him.

"Good evening, Mr. Coram. My name is Corina Pek, and I'm from Borneo TV," she says.

"I have some questions for you."

"Are you filming?" asks Brad Coram.

"Yes. You're on the six o'clock news right now."

Brad Coram regarde la caméra de télévision.

"Que pensez-vous de la réserve, Monsieur Coram?" demande Corina.

"C'est très… beau," dit Brad.

"Et Pumai fait du travail important?"

"Oui, oui, bien sûr."

"Et pourquoi êtes-vous ici aujourd'hui? Vous voulez acheter la réserve et abattre les arbres? Après tout, vous êtes le directeur des Bois de Bornéo."

Brad Coram looks at the TV camera.

"What do you think of the reserve, Mr. Coram?" asks Corina.

"It's very… beautiful," says Brad.

"And the work being done at Pumai, is it important?"

"Yes, yes, of course."

"And why are you here today? Do you want to buy Pumai and cut down its trees? After all, you are the boss of Borneo Wood."

Pourquoi êtes-vous ici aujourd'hui?

Why are you here today?

Brad Coram regarde la caméra. Il hésite.

"Non, bien sûr que non," dit-il. "Je veux… *donner*…
50 000 dollars à la réserve." Il prend un chèque dans
sa poche. "Voilà."

"*Vraiment?* Merci beaucoup," dit la maman de Danny.
"On peut faire beaucoup de choses avec cet argent."

Dehors, Brad Coram voit Danny et Paul.

Il regarde Danny. Danny le regarde. Ils ne se parlent pas.

Brad retourne directement à sa voiture.

Brad Coram looks at the camera. He hesitates.
"No, of course not," he says. "I want to… *give*…
the reserve 50,000 dollars." He takes a check out
of his pocket. "Here it is."
"*Really?* Thank you very much," says Danny's Mom.
"We can do a lot with this money."
Outside, Brad Coram sees Danny and Paul.
He looks at Danny. Danny looks at him. They don't speak.
Brad walks straight to his car.

Cinq jours plus tard, Paul a une grosse pile de chèques.
"C'est fantastique!" dit-il. "Des centaines de gens envoient
de l'argent pour aider notre réserve et les orangs-outans."
La maman de Danny sourit. "Il y a aussi plein d'e-mails.
Regardez. Celui-ci en dit long."
Elle leur montre son ordinateur et ils rient.
Sur l'écran, on peut lire:
Bravo pour le blog de Danny!

Five days later, Paul has a big pile of checks.
"This is fantastic!" he says. "Hundreds of people are
sending money to help our reserve and the orangutans."
Danny's Mom smiles. "There are many e-mails, too.
Look. This one says it all."
She shows them her computer and they laugh.
On the screen they can read:
Hurray for Danny's blog!

Quiz

You will need some paper and a pencil.

1 Here are three things that Gloria likes. Copy the pictures and write the French words. They are on story pages 2 and 16.

2 Two of these sentences are false. Can you change them to make them true? Then say them.

Paul travaille à la réserve à Pumai.

Les orangs-outans sont dangereux.

Danny écrit un blog.

Les orangs-outangs ont besoin de la forêt.

Brad Coram n'est pas riche.

3 Copy this e-mail message and fill in the gaps. Choose one sentence from question 2 to complete your e-mail.

Je m'appelle [your name] et je suis de [your town].

Le travail qu'on fait à Pumai est très important.

N'abattez pas les arbres! _____

Merci!

Thank you!

Answers

1 banane orange lait

2 Les orangs-outans ne sont pas dangereux. / Les orangs-outans sont timides. Brad Coram est riche.

3 Les orangs-outans ont besoin de la forêt.